17222

LE
CARQVOIS
d'Amour.

L'AMOVR
AVX DAMES,
ODE.

 HERS *Soleils des yeux & des ames,*
Belles, dont les Dieux sont ialoux,
Ne mesprisez point entre vous
Le doux mystere de mes flames.

Apollon n'a point de chaleur
Sinon celle que ie luy donne :
Car si tost que ie l'abandonne
Il deuient pasle & sans couleur.

S'il souffle par fois vn zephire,
C'est pour rafraischir seulement
L'air des flames que cet amant
Pour sa belle Nymphe souspire.

Parmy l'escume, & le limon
Ie fay brusler le Dieu de l'onde,
Et Doris de sa tresse blonde
Donne des feux à Palemon.

Bacchus sur les riues du More
Est d'exploits vainqueurs arresté ;
Mais il donne sa liberté
Aux traicts du bel œil qu'il adore.

Et la quenouille & le fuseau,
I'ay logé dans la main d'Alcide,
Et tenu sa valeur en bride
Dessous vn habit damoiseau.

Ie l'ay fait esclaue d'Omphale,
Et si bien charmé ses esprits,
Qu'il n'en estoit pas moins espris,
Que Procris l'estoit de Cephale.

    Craignez-donc mes feux & mes dards,
Dont les Dieux redoutent la force,
Bien qu'ils n'ayent point d'autre amorce
Que celle de vos doux regards.

    Que i'ayme celle qui dans l'ame
Est idolatre en cent façons,
Et laisse fondre ses glaçons
Aux chaleurs de ma viue flame.

    Que i'ayme à ouyr les doux accens
De tant de Beautez languissantes,
Qui sous des amorces puissantes
Se laissent pasmer tous les sens.

    Que i'ayme celle qui se fasche
Quand l'on contente ses desirs,
Et qui ne songe en ces plaisirs
A sa quenoüille & a sa tasche.

A CALISTE.

PRELVDE.

Toutes les fables sont muettes,
  Et les co tes du temps iadis
Ne m'ont fait croire vn Paradis
Sur la cime où vont les Poëtes.

    Ie n'ay beu iamais à la piste
D'Apollon, ny de ses neuf Sœurs,
Et si i'ay gousté des douceurs,
C'est sur la bouche de Caliste.

    Le nectar que i'ay pour remede,
Oste la force a mes fureurs,

Passe l'eau de ces discoureurs,
Et la boisson de Ganimede.

Sa bouche de musc & de rose,
Parmy ses doux embrassemens,
Charme si bien mes sentimens,
Que i'oublie toute ma prose.

C'est où ie puise des matieres
Remplies de tons si diuers,
Que ie mesprise les beaux vers
De ces dormeurs de cimetieres.

Ie iure les ombres prophanes
De n'estre iamais leur riual,
Ie laisse tout l'eau du cheual
Pour les cheuaux & pour les asnes.

Il ne m'a pris iamais enuie
D'aller dormir sur ce valon,
Où Phœbus, & son violon
Oyent couler ceste eau de vie.

Ie n'ay veu ces grottes affreuses
Où les Muses font leur sabat,
Et le cheual qui se debat
Estonne ces ceruelles creuses.

Le Destin qui ne me resiste
Me donne le chaste rameau,
Et pour mon Parnasse iumeau,
Les deux beaux tetons de Caliste.

C'est où ma douce frenaisie
S'esgaye & desrobe tousiours,
Et où mille petits Amours
Vont reschauffant ma fantaisie.

C'est où Venus fait vn mystere
Caché à ces Poëtes transis,
Qui se consomment de soucis
Sur leur Parnasse solitaire.

Califte, ma douce rebelle,
N'oy point le chant de ces Corbeaux,
Et iuge fi mes vers font beaux,
Ayant vne caufe fi belle.

 C'eft ton beau fein qui dans mon ame
Met toutes ces inuentions,
Et dans mes fortes paſſions
Vn accez de fouffre & de flame.

 O mon petit Ange, ô ma Sainte,
Pour feindre on m'eftime à la Cour,
Si eft-ce pourtant qu'en Amour
Ie ne fçaurois vfer de feinte.

LE CARQVOIS
D'AMOVR.

EPIGRAMMES.

EPIGRAMME
d'vn Pefcheur.

V N Pefcheur à fon hameçon
 Auoit accroché vn poiſſon,
 Quand vne Bergere incognuë
Vint pour fe plonger toute nue
Dans le criftal de fon ruiſſeau;
Lors rauy d'vn objeƐt fi beau
Quitte-là fa ligne & fa pefché,
Et de courre apres fe defpefche;

Elle commence à gallopper,
Qui le fit doublement tromper ;
Car la voyant fuir en la plaine,
O Dieux ! ce dit il, quelle peine,
I'ay perdu ce que i'auois pris,
Et ce que ie n'auois pas pris.

AVTRE.

Sur Diane.

ON feint Diane chasseresse
Chaste & pudique entierement ;
Mais c'est la fable flateresse,
Ie ne le croiray nullement ;
Puis que sous le nom de Lucine
Elle assiste à chaque gèsine.

AVTRE.

Sur la Cordeliere que portent les Dames dans le sein.

BElles, ie loüe vn tel dessein
De porter tousiours sur le sein
Ce noir cordon qui vous accolle ;
Au noir les Tripots marque-t'on,
C'est donc pour dire qu'on bricole
Vn peu plus bas que le teton.

AVTRE.

D'vn Chasseur.

VN Chasseur courant sur le tard,
Trouue dans vn bois à l'escart
La gentille Alix demy-morte,
Pour sa brebis qu'vn loup emporte ;

Lors la Bergere en cet esmoy,
Crie, passant, acheue-moy,
Aussi bien n'ay-ie plus de vie
Apres ceste beste rauie:
L'amoureux Chasseur l'auisa,
Auec elle vn peu deuisa,
Et bruslé de chaude estincelle
Vous embroche ceste pucelle,
Qui en sentant couler cela,
Luy det, que me faites-vous là?
Il respond, c'est que ie vous tue;
Ah! dit Alix, Chasseur, sans discourir,
Si c'est ainsi que l'on nous tue
Soyez long temps à me faire mourir.

AVTRE.

Sur vn Tableau de l'Occasion.

C Ourtisans pipez de faueurs,
Et coyonnez de la fortune,
Vous n'estes tous que des refueurs
D'aboyer ainsi à la Lune;
Pour l'asseurance de vos vœux,
L'Occasion a des cheueux
Qu'il faut que tout le monde happe;
Mais de peur qu'elle vous eschappe,
Ie sçay bien vne autre façon,
Il la faut prendre au poil du C.

AVTRE.

Sur trois Beautez prisonnieres.

Q Vi vous tient belles prisonnieres
Au trauers ces grilles de fer,

Pour

Pour les fondre & les eschauffer
Vous n'auez que trop de manieres,
Laissez-en l'office à vos yeux
(Qui sont mes geolliers gracieux)
Et au feu qui les accompagne ;
Vostre bas qui a moins de chaud
Fit bien deuenir mon courtaut
Ces iours, mol comme vn gan d'Espagne.

AVTRE.

Sur la nature de l'Amour.

SI vous voulez sçauoir, Mes-Dames
Pourquoy, l'Amour fait tant de mal,
Et comme vn cruel animal
Qu'il gesne vos corps & vos ames,
Ie n'en trouue rien de certain,
Sinon qu'il est fils de putain.

AVTRE.

D'vn qui disoit ne lire les lettres de Balzac que pour s'endormir.

IE ne brusle pour la lecture,
Mon plus grand feu est pour l'Amour ;
Mais ayant couru tout le iour
S'il faut reposer la nature,
Auant me coucher sur le dos,
Ie prens Balzac & ses missiues,
Pour m'endormir sont mes pauots,
Et rendre mes douleurs captiues :
Car ses mots sont autant d'appas
Où les graces sont desployees :
R. P. Vrayment ses veilles ne sont pas
Enuers vous trop mal employees.

B

AVTRE.

Sur le rauiſſement d'Europe.

ON tient d'vne fourbe gentille
Que Iupiter au bord de l'eau,
Sous le poil d'vn ieune Taureau
Bruſla iadis pour vne fille ;
Cet acte n'eſt point tant nouueau
Puis qu'il eſtoit vn ſi grand veau.

AVTRE.

Sur vne Courtiſane.

CEtte femme eſt comme Alexandre,
Vn monde ne la ſatisfait,
Meſme à voir, c'eſt plus entreprendre,
Elle pleure quand on luy fait.

AVTRE.

Sur l'Amour.

L'Amour n'eſt point vne ſcience,
Mais vn Art des plus vils & bas,
Vn Art remply de deffiance,
Touſiours on beſongne en vn bas.

AVTRE.

De deux Amans qui ne ſe voyoient point.

NOus ne ſommes point, mon amour,
En noſtre paſſion eſclaues,
Et ie croy bien que l'œil au iour
N'a iamais veu d'Amans ſi braues ;

Si les Roys ne se voyent point,
Nous leur ressemblons en ce poinct.

AVTRE.

Sur le rauissement d'Heleine.

CEtte rare beauté de Grece
Dont le beau Paris fut vaincu,
Et qui fit auec allegresse
Son pauure Menelas cocu;
Cette incestueuse estrangere,
Qui donnoit tant de passion,
Auoit sujet d'estre legere
Et de changer d'affection :
Car peut estre elle auoit des aisles,
Puis qu'vn Cygne & non pas vn Bœuf,
Fit tant que ce monstre des Belles
Sortit de la cocque d'vn œuf.

AVTRE

Sur vne Courtisane qui disoit n'estre point auaricieuse.

QVe les Courtisans sont meschans,
Et d'vne humeur capricieuse
De dire deuant les Marchans
Que ie suis auaricieuse;
Vn ieune Mignon me rauit
Sans calçon, chemise, & sans voile,
I'ayme mieux vn quartier de V.t,
Que non pas vne aulne de toile.

AVTRE.

MA Diane ne permet pas
Que ie voye sa gorge nue,

B iij

De crainte qu'vn ſi doux appas
Ne rende ma teſte cornue,
Ou qu'eſtant vn trop fin renard,
Ie faſſe mon mary cornard.

AVTRE.

SI deſſus voſtre bouche, Armide,
D'vne levre gloute & humide,
Deux baiſers ie vous ay vollez;
De vous les rendre eſt mon attente.
Reprenez en dix bien collez
Si de deux vous n'eſtes contente.

AVTRE.

IE meurs, quand voſtre ſein d'yuoire
Ie voy branler à petits flots,
Philis, ſi vous me voulez croire
Tenez voſtre collet plus clos,
Que mon œil ne trouue paſſage
Deſſus ce teton inhumain,
Ou bien ouurez-le dauantage
Afin que i'y mette la main.

AVTRE.

ALidor ieune & gracieux,
Voyant la glace des beaux yeux
De ſa Dame que l'on admire,
D'vn œil idolatre s'y mire:
La Bélle, dit, mes yeux ie croy
Ne ſont des miroirs, groſſe beſte:
L'autre reſpond, pardonnez-moy,
Le vif argent eſt dans la teſte.

AVTRE.

LEs Dames ſont des Tortues
Quand elles vont par les rues,
Et des Singes dans le lict,
Durant l'amoureux conflict.

AVTRE.
Sur vne qui ioüoit de l'Espinette.

Lisette vn iour sans la semondre,
Mignardoit de si doux accords,
Que la Barre pour la confondre
Peut estre feroit des efforts,
Ceux qu'elle pasme en ces liesses
La prioient d'vn air seulement,
Au viste mouuement des pieces
Elle leur touche brauement;
Alors, excusez, dit Lisette,
Ainsi ie ioüe dans les dras,
Quand au lieu de mon espinette
Ie tiens Lysis entre mes bras.

AVTRE.

Le tesmoin le plus asseuré
Qui monstre que ie vous adore
D'vn respect bien demesuré,
Et moins que ie ne veux encore;
C'est que si vous touchez par fois
Vostre bouche ou teton de neige,
Ie souhaitte le priuilege
De baiser seulement les traces de vos doigts.

AVTRE.
Sur vne Courtisane.

Iadis vne Dame d'Egypte,
Qu'Amour voila de son bandeau,
Fit si bien auec son merite,
Que du reuenu du bordeau
Dans l'orgueil d'vne Pyramide
Elle braua les plus grands Rois;
N'en faites de mesme Cloride
De vos ducats & vos tournois,

Vous qui appauurissez le monde
Laissant là ces desseins fougueux,
Qu'vn Hospital de vous se fonde
Puis que vous faites tant de gueux.

AVTRE.

Voulez vous sçauoir qui produit
Des belles perles le bon fruit
Dessus la gorge de Raymonde,
Ne vous y fiez pas Cocus,
Ce n'est pas le Soleil du monde,
Mais bien celuy de nos escus.

AVTRE.

Courtisans vous estes à voir
En grande peine de sçauoir
Si Loüise est encor pucelle;
De le sçauoir il n'est aisé,
Mais ie sçay bien que cette Belle
Ne m'a iamais rien refusé.

AVTRE.
Sur le pourtraict d'Amour.

Esprits vains & capricieux,
Qui nous faites naistre des Cieux
Ce Dieu qui tant de cœurs allume,
Faites le du ventre des flots,
Du Tage, ou de la mer esclos,
Comme Venus de son escume,
Puis que les Dames de ce temps,
Pour les perles ont de coustume
D'aymer, & les escus contens.

AVTRE.
Sur des pasles couleurs.

Si le teint des pasles couleurs,
Est des amoureuses douleurs

Le plus veritable interprete,
Ou du mariage asseuré:
Faites voftre trouffeau Perrette,
Et aduertiffez le Curé.

AVTRE.
D'vn Barbier.

HEleine, apres l'auoir feignee,
Pour me payer n'a fes ducats,
Et comme en pleurs elle eft baignee
Se trouffe & me monftre fon cas :
Me difant, cefte pauure Heleine,
Prenez le prix de voftre argent,
Ne me faites point de la peine,
Et gaignez les frais du Sergent :
Lors voyant que c'eftoit contrainte,
Bien que mes bras fuffent laffez,
Ie vous la perce en cefte eftrainte
Sans qu'elle dift iamais affez,
Sinon, que cefte playe faite,
Amy, payez vous doublement,
R. Belle vous ferez fatisfaite,
Remuez le cul feulement.

Teftament d'vn Courtifan.

LOrs qu'il me faudra mettre en terre,
Ie veux qu'en la biere on m'enferre
Apres eftre bien exhorté ;
Et veux que le diable m'emporte
Si d'autre que Philis me porte,
Puis qu'elle m'a toufiours porté.

Tombeau d'vn Tailleur de Cour.

CY gift, fort propre pour l'amour,
Denys ce bon Tailleur de Cour,
Qui fit tant de iuppes infames :
Courtifans qui paffez fur fa tombe auiourd'huy,

Puis qu'il n'a trauaillé iamais que pour les femmes,
Ne vous trauaillez point à prier Dieu pour luy.

Epitaphe de Narcisse.

L Es Dieux en cette fleur mes beautez ont changé,
Et non pas en vn corps pourueu de cœur & d'ame,
Aussi bien dedans moy n'en ay je point logé,
N'ayant de mon viuant aymé aucune Dame.

SVR VNE TRESSE
de cheueux.

A CLORIS.

 *LORIS ne payez point mes vœux*
De l'or luisant de vos cheueux,
Pour moy sont de trop foibles chaisnes,
Ces petits cordages d'amour
Ne sont l'image de mes gesnes,
Puis qu'ils s'esgayent tout le iour.

Vostre mignard teton de laict,
Qui dessous vn fascheux collet
Comme vn pauure esclaue souspire,
Est plustost le pourtraict mouuant
De l'esclauage où ie respire,
Que non pas ces iouets du vent.

Quand vous mettrez en liberté
Ce teton ainsi arresté,
Ie crains de sortir de souffrance:
Mais si c'est par là seulement
Ie puis bien auoir asseurance
D'estre serf eternellement.

F I N.

www.ingramcontent.com/pod-product-compliance
Lightning Source LLC
Chambersburg PA
CBHW061446170626
46811CB00005B/2389